GILBERT DELAHAYE
MARCEL MARLIER

martine

l'arche de Noé

Texte de JEAN-LOUIS MARLIER

casterman

– Allô, maman ? La radio dit que c'est la tempête du siècle ? Ne t'inquiète pas, le chalet du garde-chasse est solide. Et puis nous sommes dans une clairière. Les arbres ne risquent pas de tomber sur nous.

Allô ? Je t'entends très mal ! Allô ?

Plus de téléphone !

Quelle déveine ! Martine est venue passer trois jours de vacances, en forêt, pour observer les animaux. Le refuge tremble et gémit... Martine n'en mène pas large ! Heureusement, elle est avec Florence, une "grande" qui n'a peur de rien. Elle a déjà fait le tour de monde ! Martine se rassure un peu en la voyant manger de bon appétit.

Tard dans la nuit, alors que Flo dort paisiblement, Martine veille. Brusquement, le souffle du vent ouvre les volets et elle peut voir au loin les arbres qui se courbent… Soudain une chose étrange traverse le ciel…

– Dis, Florence ! J'ai vu…

– Laisse-moi dormir !

À quoi bon réveiller son amie pour lui dire ce qu'elle vient de voir passer là-haut… Martine éteint la bougie et se blottit dans le lit.

– Un éléphant ? s'étonne Flo, le lendemain.
Tu as vu passer un éléphant dans le ciel ?
Un éléphant d'Afrique ou d'Asie ? dit-elle
avec un grand sourire !
Comment étaient ses ailes ?
– J'ai peut-être rêvé, admet Martine.
Pourtant…
– Allons, la tempête s'est calmée.
Mettons-nous en route ! dit Flo.
Dans la brume du matin, les deux
amies avancent sans bruit.
– Plus un geste ! ordonne Flo à
voix basse. Regarde bien !

À droite trois lapins, droit devant,
un écureuil et puis là, une chouette !
Les animaux sont à quelques mètres.
Martine ne les avait même
pas vus.
– Moi aussi, je veux être la première à
apercevoir quelque chose, se dit-elle.

C'est alors que dans ses jumelles…

– Là ! Un… un tigre !

Flo se met à rire.

Apeurés, lapins, écureuil et hulotte, d'un bond, d'un saut, d'un vol, disparaissent aussitôt…

… Seul le tigre n'a pas bougé.

Car Martine ne s'est pas trompée. Là, dans les herbes hautes, il y a bien un tigre.

Florence l'aperçoit ; elle reste la bouche ouverte, les yeux écarquillés.

Saisissant Martine par le bras, elle murmure en remuant à peine les lèvres :

– Reculons vers le sous-bois, dou-ce-ment !

– Et maintenant, demande Martine ?

– Maintenant on court très très vite !

– Stop ! crie Martine
Là… devant nous,
un… un…

– Un rhino… un rhinocéros ! Florence n'en croit pas ses yeux…
Viens, il ne faut pas le déranger pendant sa sieste !
– Que s'est-il donc passé cette nuit ? demande Martine.
Tu crois qu'ils se sont échappés d'un zoo ?
– En tout cas, mieux vaut éviter ce genre d'animal.
– Il y en a peut-être d'autres ! ajoute Martine inquiète.
Et puis peut-être aussi que certains… commencent à avoir faim !

– On s’arrête un moment ! décide alors Florence. Il faut garder son calme et réfléchir. Voyons la carte. Ma boussole… Pour être en sécurité il faut aller vers le centre du parc. On trouvera certainement des gens pour nous aider… Le sud est par là… C’est bon, allons droit devant.

– Regarde ! lance Martine. Là ! Une voiture ! Nous sommes sauvées ! Monsieur ! crie-t-elle en s’approchant. Monsieur ! **Ahhh !**

Martine fait trois pas en arrière. La personne à qui elle croyait s’adresser est en réalité un énorme gorille…

– Bien dormi malgré la tempête ?

Enfin quelqu'un ! C'est le garde-chasse avec sa bonne figure rassurante. Oh, comme Martine est heureuse de le voir, celui-là !

– Si vous avez dormi, vous avez de la chance ! reprend le garde. Moi, j'ai passé la nuit à courir derrière tous les animaux du décor.

– Comment ? Ce sont des... faux ? questionne Florence qui s'approche.

– Pourquoi ? Vous avez pensé qu'ils étaient vrais ? dit le garde amusé.

– Euh... Bien sûr que non ! répondent en chœur Martine et Flo.

– Quelle nuit ! On s'en souviendra ! reprend le garde. Le plus à plaindre c'est le sculpteur… Vous l'avez vu au kiosque ? Il fait peine à voir… Allez-y. Il a besoin d'être réconforté !

– Bonjour, dit Martine, timide.

– Bonjour, dit le sculpteur. Vous avez vu ce désastre ? Depuis plus de deux ans, je travaille d'arrache-pied à la réalisation de cette arche de Noé. J'ai créé tous les animaux un par un, pour qu'ils soient le plus proches possible de la réalité.

Mais la tempête s'est levée avant que j'aie eu le temps de les fixer sur le bateau et voilà tous mes enfants envolés. L'arche devait être inaugurée dans deux jours au milieu du parc…

– Mais… dit Martine. En deux jours, tout est possible.

Vos animaux, on peut les retrouver. Nous vous aiderons à les chercher…

– C'est gentil, répond le monsieur avec un sourire. Vous avez raison, il ne faut pas se décourager.

Florence et Martine se lancent alors dans un étrange safari. Elles ont deux jours pour retrouver tous les animaux de la terre.

Le premier qu'elles découvrent, c'est l'ours sous la cascade.

Évidemment les gros animaux sont faciles à trouver…
Mais les petits, on dirait vraiment qu'ils aiment jouer à cache-cache.

– Où sont-ils ?

– Dans les rhododendrons peut-être ?

TUUUT-TUUUT !

– Ohé du petit train !

Venez nous rejoindre. On joue à “qui va retrouver le plus grand nombre d'animaux en un minimum de temps”.

– Ce qu'il est lourd ce crocodile !

– Moi, j'ai une toute petite souris !

– Et moi un… j 'sais pas le nom !

Si tout le monde se mobilise, l’arche aura bien vite retrouvé tous ses passagers !

– Cherchez bien ! Il manque les tortues, les loirs, les koalas…

La charmille a beaucoup souffert de la tempête avec la chute des branches.

– Quel chantier ! soupire Martine.

– Regarde, là ! Une boule de poils roux ! Un renard !

– Dégageons-le ! J'espère qu'il n'est pas cassé !

Mais… il est tout chaud et puis tellement doux, on dirait qu'il est…

Soudain, hop !

Délivré de la branche qui le tenait prisonnier, le renard saute des bras de Martine et s'enfuit sans dire merci ni demander son reste.

– C'était un vrai de vrai et je le tenais contre moi ! dit Martine, toute tremblante d'émotion. Celui-là n'était pas fait pour l'arche de Noé…

Voyons, voyons, qu'est-ce qu'il nous manque encore ? Un opossum et puis…

... Et puis il manque ce stupide raton laveur qui a terminé son vol plané plusieurs mètres au-dessus de la rivière, accroché au pont suspendu. S'il tombe dans l'eau, le courant l'emportera et on ne le retrouvera jamais...

Que faire ?
Florence, qui n'a pas le vertige, décide de tenter le sauvetage.
– Sois prudente ! supplie Martine. Est-il vraiment indispensable ? Ce raton est tout mouillé ! Il glisse comme un savon !
– Ne t'inquiète pas. Je le tiens.

– Ohé ! Venez voir !
Là-haut, c'est le "cheval de Troie", le grand toboggan. Pour y monter, il faut escalader le "pont de singe". Des enfants viennent d'y trouver un petit animal coincé dans les cordages. Ici, Martine n'a pas peur. Il n'y a pas de danger. Le pont de corde est fait pour les enfants.

– Allons, petit fennec, dit doucement Martine, tu as eu de la chance de trouver ce filet sur ta route. Avec tes grandes oreilles, tu serais peut-être encore en train de voler dans le ciel…

Mais le ciel n'est pas fait pour les fennecs… Le plus dur c'est de revenir sur terre. Tu as vraiment de la chance, tu vas découvrir le plus chouette moyen de redescendre : le grand toboggan ! Attention, je prends mon élan… Une, deux, trois ! Ça va vite et ça tourne et ça descend, **whaou !** C'est chouette, non ?

– Je parie que tu veux recommencer !

Aujourd'hui on inaugure l'arche de Noé…

– Tu as vu, mon Patapouf, comme c'est beau ! Mais ça n'a pas été facile ! Ce qu'on a ramé pour remplir ce bateau !

Enfin, maintenant tous les animaux sont là…

– Presque tous.

– Presque tous ?

Qu'est-ce que tu racontes, Patapouf ? Je t'assure que nous les avons tous retrouvés : les animaux du ciel, de la terre, d'Asie, d'Afrique, d'Océanie, d'Amérique et d'Europe…

Il n'en manque vraiment aucun et… Mais si ! Tu as raison, il y manque… un Patapouf !

http://www.casterman.com
D'après les personnages créés par Marcel Marlier, © Léaucour Création et Gilbert Delahaye.
Imprimé en Italie. Dépôt légal : octobre 2003 ; D. 2003/0053/372.
Déposé au ministère de la Justice, Paris (loi n° 49.956 du 16 juillet 1949 sur les publications destinées à la jeunesse).
ISBN 2-203-10157-1 ISSN 0750-0580